ジョンの贈《おく》り物《もの》

作 高橋《たかはし》 幸枝《さちえ》 絵 圭太《けいた》

文芸社

目次

登場人物

ボク：柴犬ジョン（サチでもある）
愛ちゃん：電気屋さんの長女
春ちゃん：愛ちゃんの妹
与七《よしち》お父さん：愛ちゃんの父。電気屋さん
久代《ひさよ》お母さん：愛ちゃんの母
シゲおばちゃん：与七《よしち》お父さんの姉
白ヘビミーちゃん：高野槙《コウヤマキ》の根元に棲《す》む白ヘビ
天狗《てんぐ》のテン坊：高野槙《コウヤマキ》の木のてっぺんに棲《す》む天狗《てんぐ》
女神様：高野槙《コウヤマキ》の木に住む女神様

ジョンの贈《おく》り物《もの》

一、再　会

ボクが愛ちゃんを見つけたのは今から一年前の、ある晴れた秋の日のことでした。

愛ちゃんはすっかり大人になっていたけれど、ボクにはすぐに愛ちゃんとわかりました。それはなんと三十年ぶりの再会でした。

ここは富山県にある日枝《ひえ》神社。山王《さんのう》さんの愛称で親しまれ、本殿の朱色《しゅいろ》が鮮《あざ》やかです。境内《けいだい》の水天宮《すいてんぐう》には、赤ちゃんが無事に産まれることを祈願《きがん》し〝安産犬の石像〟が建てられています。母犬のそばに子犬が二匹寄り添《そ》っていて、とても微笑《ほほえ》ましいです。

愛ちゃんは妹の春ちゃんとやって来ました。春ちゃんは柴犬を連れています。赤茶色です。

〈愛ちゃんも春ちゃんも、随分《ずいぶん》大きくなったね〉

「お姉ちゃん、この子サチに似ていない？」

春ちゃんがそう言って、石像の子犬の頭を撫《な》でたので、柴犬の名前が〝サチ〟だとわかりました。

「そうだね、かわいい……ジョンみたい」

愛ちゃんも石像の子犬の頭を撫《な》でました。

「お姉ちゃんって、犬はみんなジョンに見えるんじゃない？　私ちっちゃかったからジョンのこと、あんまり覚えていないんだ。でもお姉ちゃんが泣いていたの、覚えているよ」

春ちゃんはそう言ってサチを抱き上げました。

愛ちゃんは笑みを浮かべ、

「ジョンは、ずっと私の心にいるよ……どうか無事に赤ちゃんが産まれてきてくれますように」

と今度は母犬の石像の頭を撫《な》でました。

愛ちゃんのお腹《なか》には、赤ちゃんがいるようです。

〈愛ちゃん、ママになるんだ……〉

ボクは胸がいっぱいになりました。そして愛ちゃんがボクを思っていてくれたことが、嬉《うれ》しくてたまりませんでした。

「お姉ちゃん、早くお参りして、お母さんの病院へ行こうよ、お父さん待っている」

「そうね」

〈えっ、病院って？　お母さん病気なの？　大丈夫なの？　お父さんは？　元気なの？〉

ボクは心配でなりません。愛ちゃんと春ちゃんに会えて、本当に嬉《うれ》しい。

でも与七《よしち》お父さんと久代《ひさよ》お母さんにも、とても会いたい、懐《なつ》かしいなあ……。

そして、この時からボクは、サチになったのです。

二、与七《よしち》お父さんと久代《ひさよ》お母さん

春ちゃんの運転する車で愛ちゃんとボクがやって来たのは、のどかな田園風景の中にひっそりと建つ、まだ新しい病院です。ここに久代《ひさよ》お母さんが入院しているようです。ボクたちは車を降り、前庭の花壇《かだん》のそばのベンチまで歩きました。

「春ちゃん、お母さんどうなの？」

「うん、時々ヘンなこと口走るけど、体の方は大丈夫よ」

「そう、良かった」

春ちゃんは、ボクのリードを愛ちゃんの手に渡して、

「お姉ちゃん、ここでサチと待っていて！　犬は中に入れないから。お父さんもうお母さんのところにいるはず。今、呼んでくるね」

と言って、病院の中へ小走りに入っていきました。

愛ちゃんはベンチに腰を下ろし、ボクの頭を撫《な》でてくれました。

「サチ、待っていようね！　お父さんが今、来るって……お母さんに会えるといいね」

秋の紅葉《こうよう》が背後の山々で輝いて見える、心地よい陽だまりの中で、ボクたちはじっと待っていました。

しばらくして、春ちゃんがお父さんと一緒に病院から出てきました。お父さんは車椅子を押し、そこにお母さんがちょこんと座っていました。

〈あっ、与七《よしち》お父さん、久代《ひさよ》お母さんだ！〉

ボクは心の中で叫びました。いや、嬉《うれ》しくて、懐《なつ》かしくて、思わず「ワン！」と吠《ほ》えてしまいました。

春ちゃんが少しびっくりして、苦笑いを浮かべながら言いました。

「あら、めずらしい、サチが吠《ほ》えるなんて、お母さんに久しぶりに会えたのが、そんなに嬉《うれ》しいの？」

お父さんは、お母さんの耳元に顔を寄せ、

「愛が東京から帰ってきたぞ、わかるか？」

大きな声でそう言いました。

すると、お母さんがポロポロ涙を流して、泣き出したのです。

「よう帰ってきたね」とお母さんのか細い声が聞こえました。

春ちゃんは、ちょっと呆《あき》れ顔です。

「また泣く……このごろ、すぐに泣くのよ。お母さん、お姉ちゃんに赤ん坊が産まれるんだよ。こっちで産むから、しばらくウチにいるって！　良かったね、お母さん」

愛ちゃんも涙目になっていました。

「お母さん、久しぶりだね、元気にしてた？　なかなか帰ってこられなくて、ごめんね」

お母さんは、ウンウンと何度もうなずきました。そして愛ちゃんがバッグの中からこげ茶色のショールを取り出し、

「プレゼントなの。これから寒くなるから、使ってね！」

と、お母さんの肩にかけてあげました。

「あら、ステキじゃん、暖かそう」

春ちゃんがそう言うと、お母さんは「ありがとうね」と、また泣きました。

今度はお父さんが家から持参したクリームパンをポケットから取り出し、お母さんに渡しました。

するとお母さんは、嬉《うれ》しそうに食べ始めたのです。愛ちゃんが少しびっくりしたように、お父さんに聞きました。

「平気なの？　甘い物はいけないんじゃないの？」

「少しぐらい大丈夫だ。病院食だけじゃ、腹が減るんだ」

お父さんが平然と答えると、春ちゃんも真面目な顔で言いました。

「そうよ、大丈夫よ！　お母さん、クリームパンが大好物なんだから……この年になって、好きな物も自由に食べられないなんて、可哀想すぎ……」

「そうだね……お母さんって本当に働き者だったよね。小さい時から家が貧しく兄弟も多かったから、ろくに学校にも行けず働き通しだったんだよ……今は好きな物を食べて、のんびりしてほしい」

愛ちゃんも、しみじみと言いました。

ボクはシッポをふりふり、跳《と》び上がるようにお母さんの両ひざに前足をのっけました。

すると、お母さんがボクの右の前足を優しく撫《な》でながら、言ったのです。

「痛いよね、可哀想に……痛いの、痛いの、飛んでいけ！」

春ちゃんがまた少し呆《あき》れたように笑いました。

「イヤだ、お母さん、サチだよ！　ジョンと間違えているんだわ」

「そうみたいね……」

愛ちゃんもボクを見て微笑《ほほえ》みました。

〈お母さん、そう、ボクだよ、ジョンだよ〉

お母さんがボクのこと覚えていてくれて、とっても嬉《うれ》しかったです。

〈早く元気になってください〉

それからお母さんはお父さんに連れられ、病室へ戻っていきました。愛ちゃんとボクは、春ちゃんの車で家に帰ります。

〈ミーちゃんとテン坊は、元気にしているかな？　女神様は……？〉

三、電気屋さん

あれから本当に三十年も経ったのだろうか？　ボクは帰ってきました。

富山県高岡市の外れの、とある小さな田舎町。かつては西砺波郡《にしとなみぐん》に属し、少し先には散居村《さんきょそん》で知られる砺波平野が広がっています。

愛ちゃんの家は、この町の電気屋さんです。お父さんとお母さんが営《いとな》んでいて、今は春ちゃんも手伝っています。

懐《なつ》かしい店内は、テレビや電気ストーブがきちんと並べられ、そこだけ明るく活気があるように見えました。店の奥に台所と茶の間に挟《はさ》まれた土間があって、さらに奥が倉庫になっています。土間から続くウナギの寝床のような長い通路を進んで倉庫を抜けると、裏庭へ出ます。

その出口にボクの犬小屋がありました。

犬小屋は昔より大きくて新しくなっていたけれど、それ以外は昔のままです。

裏庭には樹齢四百年という高野槇《コウヤマキ》の木が立っています。高さは二十メートルもあり、古くても元気に生きている枝々が、秋風にザワザワと音を立て、ゆらゆら揺れていました。

その高野槇《コウヤマキ》の木の根元に白ヘビのミーちゃんが、木のてっぺんには天狗《てんぐ》のテン坊が棲《す》んでいました。ふたりとも、ボクの大切な友だちでした。人間には見えないようだったけれど、ボクには見えたのです。そして木にはもうひとり、女神様が住んでおられました。女神様には、ボクは会ったこともなければ見たこともありませんが、優しい声だけは聞こえました。

〈本当に懐《なつ》かしいなあ〉

ボクはここに戻ってこられたことを心から幸せに思いました。

その時、「ジョン、ジョン！」と、ボクの名前を呼ぶ声がしました。

〈ミーちゃんだ！〉

「ジョンでしょ？　サチじゃないよね？」

「おまえはジョンなのか!?」とテン坊の声も聞こえました。

ボクはミーちゃんとテン坊に再会できるのが嬉《うれ》しくてたまらず、ワンワン吠《ほ》えました。

「そうだよ、ミーちゃん、テン坊、ボク、ボクだよ、ジョンだよ！」

「よく帰ってきたね」

白ヘビのミーちゃんが、ニョロニョロ出てきて喜んでくれました。

「おまえ、生きていたのか!?」

テン坊も、びっくり顔で現れました。

「うん、愛ちゃんについて来たんだ……」

「そうだったの、良かった。ジョン、あの時は助けてあげられなくて、ごめんね！」

「ミーちゃん、何であやまるの？　ずっと優しくしてくれたよ、テン坊も」

「いや、オレらは何もできんかった……あん時は女神様が高野山《こうやさん》へお出かけになっていて……

オレらはオロオロするばかりやった！　本当にすまなかったナ、ジョン」

〈ふたりがそんなふうに思ってくれていたなんて〉

「テン坊も、ミーちゃんも、ありがとう！　でもボクがいけなかったんだ……」

「あの時の若い男がどうなったか知っているか？　今はジジイだが」

「どこの誰かも知らない」

「恨《うら》んでいるだろう？」

「そんなことないよ、テン坊」

「今、あいつはナ……」

テン坊がそう言いかけた時、

「ジョン、ジョン！」

木のてっぺんよりさらに上の空から、ボクを呼ぶ声が聞こえました。

「女神様？」

「そう、私です！　私はここにいますよ」

「やっぱり、女神様だ！」

「ええ、そうです。久しぶりですね、ジョン。帰ってきてくれたのね、嬉《うれ》しいです。ずっと幸せを願っていました」

「はい、女神様、ありがとうございます」

「ジョン、あなたがいなくなってから、テン坊とミーがずっと悲しんでいたのですよ」

「あの時ちゃんとお別れが言えなかったから……ボクが悪いんです」

「やめろよ、ジョン！　おまえはちっとも悪くない！　悪いのは、あのジジイなんだ」

テン坊は、悔《くや》しそうに怒って言いました。

「テン坊、よしなさい！　せっかく会えたのに、ジョンが困っているじゃないの」

ミーちゃんが、テン坊をたしなめるように言いました。

昔からミーちゃんは、テン坊の姉のような存在でした。すると女神様も、

「そうですよ。これから、この電気屋さんの裏庭で、またみんな仲良く暮らしましょう」

と言ってくださいました。

「はい！」

ボクもミーちゃんもテン坊も、声を揃《そろ》えて返事をしました。

〈みんなに会えて良かった。ボクたちはよく愛ちゃんや、愛ちゃんの家族の話をして、そして守ってあげていたね？〉

それは、楽しくて大切な思い出でした……。

四、出会い

今から三十年も前のことです。生後間もないボクは、お兄ちゃんと一緒に段ボール箱に入れられ、神社の境内《けいだい》に捨てられていました。どこで産まれたのかは、覚えていません。

その神社にお参りに来ていて、たまたま通りかかったシゲおばちゃんが、ボクとお兄ちゃんを見つけて拾ってくれたのです。シゲおばちゃんとは、与七《よしち》お父さんのお姉さんのことです。

シゲおばちゃんのウチは隣村《りんそん》の農家で、ニワトリやコイを飼っていました。家の前の畑で、いろいろな種類の野菜を育てています。

シゲおばちゃんは、お兄ちゃんを自分の家へ連れていき、コロと名付けました。そしてボクを、弟の与七《よしち》お父さんの家に連れてきたのです。

電気屋さんのお店の真ん中にポツンと置かれたボクは、お兄ちゃんと離れ離れになり、心細くてたまりません。ブルブル震え、オシッコを漏《も》らしてしまいました。

「おまえはジョンだ。オシッコは裏庭でするんだぞ……犬小屋も建ててやらんとなあ」

与七《よしち》お父さんがそう言って、オシッコを新聞紙に染み込ませ、さっと片付けました。

久代《ひさよ》お母さんも、ボクの頭を撫《な》でながら、

「あなたはジョンだって、お父さんが名前を付けてくれたよ。ウチにようこそ!」

と優しく言ってくれました。

しばらくすると「ただいま」と子どもの声がしました。愛ちゃんが学校から帰ってきたのです。愛ちゃんは小学二年生。ボクに気づくと「かわいい!」と駆け寄ってきて、すぐにボクを抱《だ》っこしてくれました。

ちっちゃくて、かわいくて、ボクも一目で愛ちゃんが大好きになりました。

それから数日は、お店のすみっこに置かれた段ボール箱がボクのおウチでした。とっても居心地が良く、ボクは気に入りました。愛ちゃんが学校に行っている昼間は、お店のお客さんが遊んでくれました。でも夜になると、ボクは淋しくなり「クゥーン、クゥーン」と鳴いてしまいました。そんな時、パジャマ姿の愛ちゃんが現れて、

「ジョン、淋しいの？　怖《こわ》いの？」

と心配そうな顔で聞くのです。

そのうち今度は、お父さんも出てきました。

「愛、起きてたのか、どうした？」

「ジョンがクンクン鳴いていたの。お父さん、ジョンはお父さんやお母さんとも、お兄ちゃんとも別れて、ウチにもらわれて来たんでしょう？」

「捨てられていたんだ。だが、犬ってそういうもんだ」

「犬って、可哀想だね」

「だけど、ウチに来て、新しい家族ができただろう？　愛と春は、お姉ちゃんだぞ」

「そっかあ！　ジョンは私と春ちゃんの弟になったんだね」

「だからちゃんと世話してやりなさい」

「はーい」と愛ちゃんが笑顔になったので、ボクも嬉《うれ》しくなりました。

〈この電気屋さんにもらわれて来て、本当に良かった〉

しばらくすると、お父さんが裏庭の高野槙《コウヤマキ》のそばに、ボクの犬小屋を建ててくれました。

ある朝、小鳥のさえずりで、ボクは目覚めました。「ホーホケキョ」と鳴く大きな声がはっきり聞こえます。

〈ウグイス？〉

高野槙《コウヤマキ》に小鳥たちがやって来て、高らかにさえずります。空から降りそそぐ美しいさえずり……。思わずボクは空を見上げました。高野槙《コウヤマキ》が、朝陽に照らされ、輝いています。気持ちのいいさわやかな朝を迎えて、ボクは幸せを感じました。

でも、その日の夜も、やっぱり淋しくなり、クンクン鳴いてしまいました。

〈お兄ちゃんはどうしているかな？〉

すると――

「あなたはジョンって言うの？」と女の人の声がしました。

なんと高野槙《コウヤマキ》の木の根元に白ヘビがいて、ボクを見ているのです！　ボクはびっくりして怖《こわ》くなり、ブルブル震えました。

「怖《こわ》がらないで、ジョン」

「はい、白ヘビ様」

「ミーよ、ミーちゃんと呼んで！」

「はい、ミーちゃんさん」

「さんは、いらない！」

「ミーちゃん」

「それでいいわ。あなた鳴いていたけれど、大丈夫？　ここは、いい所よ。すぐに慣れるわ、ジョン」

「ミーちゃん、ひとりで淋しくないの？」

白ヘビのミーちゃんが小さくて丸い黒目を細め、ニコッと笑って「淋しくなんかないわ」と答えました。

「オレがいるからさ！」

今度は、上から野太い声がしたので、ボクは空を見上げました。高野槙《コウヤマキ》のてっぺんから、ひょっこりと男が顔を出し、ふわっと地面に舞い降りました。

その姿を月光が照らしています。赤ら顔で鼻が高く、背中に翼が生え、太鼓を背負い、手には大きな羽のうちわを持っていました。ボクはびっくりして、また震えながら怖々《こわごわ》と尋ねました。

「あなたは、誰ですか？」

「オレを知らぬのか？　オレは天狗《てんぐ》様だぞ」

「テ、テ、テングなの？」

「そうさ、立派な天狗《てんぐ》様だ！」

するると、ミーちゃんが笑って言いました。

「テン坊よ！　怖《こわ》がらなくていいのよ。テン坊はね、ああ見えても、けっこう優しいの」

天狗《てんぐ》のテン坊は、ちょっと不満げな顔で、

「ミー、ああ見えても、はないだろ⁉　ジョンと言うのか？　ジョン、何でもオレに聞いていいぞ！　わからんことは教えてやるからナ」

そう言った野太い声が、ボクの耳には優しく届いたのでした。ボクは聞きました。

「じゃ、ミーちゃんとふたりで、この木に棲《す》んでいるの？」

「いや、それはナ……今にわかるさ。しかし、この高野槙《コウヤマキ》は、ただの木じゃないんだぞ。大昔に、高野山《こうやさん》からもらってきた苗木《なえぎ》を植えたものだ。神様も一緒について来てくださった御神木《ごしんぼく》なのさ。それで、オレもミーもお守りしているわけだ」

「神様？」

「そう、女神様だ！　……この土地の人々を、守ってくださっているんだ」

「女神様……？」

その時、家の中から「ジョン！」とボクを呼ぶ声がして、愛ちゃんが出てきました。

ボクはシッポふりふり、跳《と》び上がって喜びました。

五、愛ちゃん

〈愛ちゃんとボクは、いつも一緒だったね〉

ボクは毎日、愛ちゃんが学校から帰ってくるのを、首を長ーくして待っていました。愛ちゃんは、学校から帰ると赤いランドセルを放り出し、おやつも食べずに一目散《いちもくさん》にボクのいる裏庭へ来てくれました。

「ジョン、ただいま。お散歩に行こう!」

と言って、ボクを散歩に連れていってくれるのが日課でした。

散歩は、春ちゃんのいる保育園まで行って帰ってくるのが、いつものお気に入りのコースです。歩きながら、愛ちゃんが歌を歌ってくれます。

「ぞうさん、ぞうさん、おはながながいのね、そうよ、かあさんもながいのよ……」と毎回きまって同じ〝ぞうさん〟の歌を歌うので、そのうちボクも覚えてしまって「そうよ」でハモりました。すると、愛ちゃんが嬉《うれ》しそうに笑いかけてくれるのです。それは、ボクと愛ちゃんのふたりで奏《かな》でる楽しいハーモニーでした。　保育園に着くと、園庭で遊んでいた子どもたちが、「ジョンだ!」と言って駆け寄ってきて、ボクの頭や体を撫《な》でてくれるのです。ボクは人気者でした。その中に、まだ三歳の春ちゃんの姿もありました。

ちっちゃい子は、シッポを引っ張ったり、毛をつかんだりするので、ボクは本当はちょっぴり苦手でした。だけど、愛ちゃんの妹の春ちゃんのことは、好きだったよ。

「お姉ちゃん、春ちゃんもジョンと一緒におウチに帰りたい。いいでしょ?」

「ダメだよ、春ちゃん。後でお母さんが迎えに来るから、それまで待っていなくちゃ」

「えー、つまんない。お姉ちゃん、いいな。春ちゃんも、ジョンとお散歩したいよ」

「そっかあ。じゃ、今度一緒に行こう」

「うん、指きりげんまん」

春ちゃんが小指を立てると、愛ちゃんも、「はい、はい」と小指をからませました。

春ちゃんの前では、愛ちゃんはしっかり者のお姉ちゃんでした。

保育園の帰り道のことです。

「おーい、愛、このごろお前、犬くさいぞ！」

愛ちゃんとボクはびっくりして声の方に振り向きました。電気屋さんの隣《となり》に住む小学五年生の信一《しんいち》くんがこっちを見て立っていました。

「犬くさいとみんな言っとるぞ！」

「くさくないもん！」

愛ちゃんが怒って言い返したので、ボクも「ウーッ」と威嚇《いかく》しました。すると信一くんは笑って行ってしまいました。

家に帰って愛ちゃんがお母さんにそのことを話すと、

「信ちゃんはちっちゃい時から愛のことが大好きなんだよ、だからからかっているの」

と笑って平気な顔をしています。愛ちゃんもボクもぽかんと顔を見合わせました。

ある日、いつものようにボクが裏庭で、愛ちゃんが学校から帰ってくるのを待っていると、お父さんがやって来ました。

「ジョン、これから出かけるぞ」

お父さんはボクを車に乗せて、山道をぐんぐん走り、やがて隣村《りんそん》のとある農家に着きました。

人里離れた山のふもとの一軒家。前庭ではニワトリ数羽が放し飼いにされていて、ボクが車から降りるとびっくりしたように「コッコッコッ」と鳴いて散りました。すると、母屋《おもや》の方から一人のおばさんが出てきてニコニコしながら、「よう来たね！」と言いました。

〈シゲおばちゃんだ！〉ボクはシッポをブンブン振りました。

「連れてきたぞ！」

お父さんがぼそっと言いました。

「ジョン、大きくなったこと！　コロとそっくり……」

シゲおばちゃんはそう言って、ボクの頭を撫《な》でてくれました。

〈ここは、シゲおばちゃんの家なんだ。じゃ、お兄ちゃんのコロは？　どこ？〉と、ボクはクンクン鳴きながら探しました。

でもお兄ちゃんのコロは、どこにもいませんでした。病気で死んでしまったそうです。ボクは悲しい気持ちになったけれど、今は愛ちゃんがいてくれるから、新しい家族もできたのだから、淋しくないいんだと思いました。

しかし、ボクはコロの代わりにと、連れてこられたことを知りました。シゲおばちゃんの家にはニワトリやコイがいるし、畑もあるので番犬が必要なのでした。

お父さんがボクに申し訳なさそうに言いました。

「山からイノシシが下りてきて、ニワトリや畑をおそうんで、おばちゃん困っとるんや。おまえが守ってやってくれ、頼んだぞ！」と。

ボクはキョトン顔で、ただじっとお父さんを見上げていました。

一方、電気屋さんでは大変なことになっていました。お母さんがシゲおばちゃんに話しているのを聞いてボクは後で知りました。

愛ちゃんが学校から帰ってくると、裏庭にジョン（ボクのこと）の姿が見えません。

「ジョン、ジョン、どこ、どこにいるの？」

とボクを探し、ウロウロ歩き回りました。

それから家の中へ戻り、店にいたお母さんのもとに「ジョンがいないの!?」と半べそで駆け寄りました。

お母さんは少し困った顔で言いました。

「愛、よく聞いて！　シゲおばちゃんとこのコロが死んじゃったの、知っているよね？」

「うん、可哀想……」

「そうだね、コロはシゲおばちゃんを助けてニワトリや畑を守っていたの。あんなに小さいのに、偉かったよね？」

愛ちゃんがうなずくと、さらにお母さんは続けました。

「コロがいなくなって、シゲおばちゃんすごく困っているんだって……だから今度はジョンが助けてあげるの」

「えっ、じゃ、ジョンはいつ帰ってくるの？　……帰ってくるよね、お母さん」

愛ちゃんの目からポロポロ涙が落ち、大泣きになってしまいました。夜になってもジョンが心配で、悲しくて、愛ちゃんはシクシク泣いていたそうです。

しかし翌朝、ボクはひとりで戻ってきたのです。いつものように裏庭の犬小屋で安心したように眠り込んでいるボクを見つけたお母さんは、びっくりしてしまいました。

ボクは、夜中にシゲおばちゃんの家を抜け出し、暗い山道を一晩中歩いて帰ってきたのです。

「歩いたこともない山道を、よく帰ってこられたね、しかも夜道を。すごいね、ジョン！　でも車で連れていったのに、どうして道がわかったのかしら？」

お母さんがそう言ったので、お父さんは、少しボクに感心したように答えました。

「犬には帰巣《きそう》本能とか言って、遠く離れた所からでも自分の巣に帰ることができる能力があるらしい」と。

愛ちゃんは「ジョンが帰ってきた!!」とボクに抱きつき、すごく喜んでくれました。ボクもホッとして嬉《うれ》しくてたまりません。大好きな愛ちゃんと春ちゃん、そしてお父さんとお母さんのいる、この電気屋さんがボクのおウチだったのです。

この日、お父さんは、もう二度とジョンを連れていかないと、愛ちゃんに約束してくれました。

六、シゲおばちゃん

それからしばらくして、シゲおばちゃんが電気屋さんにやって来ました。お店で、お母さんとお茶を飲みながら話しています。ボクも愛ちゃんと一緒にそばにいました。

「この前は、すみません！　ジョンが……」

「いえ、いえ、迷子にならなくて良かった。こんなに仲良しのふたりを引き離せないわね……保健所に連絡して、保護犬《ほごけん》を引き取ることにしたのよ。殺《さつ》処分になるかもしれない犬を一匹でも助けられるし」

「そうですね、殺処分《さつしょぶん》なんて本当に可哀想ですもの……やっぱり家に番犬が必要ですよね？」

「そうなのよ、畑のためにね。でもそれだけじゃないの、私も夜になると怖《こわ》くて……実はね、このごろ、お風呂に入っていると、窓をたたく音がするのよ」

シゲおばちゃんがそう言うと、お母さんが心配そうに聞きました。

「えっ、何なんですか？　誰かたたいているんですか？」

「それがね、わからないの。窓を開けてみても、誰もいないし……ただ、窓辺にクワの実が落ちていることがある」

「気持ち悪い話ですね、気をつけてくださいよ」

するとシゲおばちゃんが笑って言いました。

「ええ、一つ目小僧《ひとつめこぞう》だ！　と言う人がいるの」

「何ですか？　それ」

「うちの村に、丑《うし》三つ時になると家の玄関に一つ目小僧が座っていた、と言う人がいるのよ」

愛ちゃんが近寄ってきて、聞きました。

「おばちゃん、一つ目小僧って、なあに？」

「そっか、一つ目小僧なんて、愛ちゃんはびっくりかな？　わからないよね？　……一つ目小僧とは目が一つの子どもの姿をしている〝妖怪《ようかい》〟とか〝山の神様〟とか言われていて、いろんな伝説があるんだよ」

　愛ちゃんは興味津々《きょうみしんしん》です。

「悪い人？　怖《こわ》い？」

「そんなことない、目が一つだけど怖《こわ》くないよ。伝説」

「ふうん。伝説って？」

「昔からの言い伝えだよ。この家の高野槙《コウヤマキ》にもあるでしょ？」

「えっ、ホント？　おばちゃん」

「愛ちゃん、知らなかったの？　高野槙《コウヤマキ》には女の神様が住んでいて、天狗《てんぐ》と白ヘビがお守りしているんだよ。夜中に木の上から天狗《てんぐ》の太鼓をたたく音が聞こえたとか、白ヘビが木の根元にいるのを見たとか言う人もいたんだって」

　とシゲおばちゃんが言った時、

「ワン！　ワン！」

　ボクは思いっきり吠《ほ》えました。

〈それ、それ本当だよ、愛ちゃん〉

でも、愛ちゃんは信じていない様子です。

「おばちゃん、本当かな？　私、天狗《てんぐ》さんも白ヘビも見たことないもん」

〈愛ちゃん、女神様も、天狗《てんぐ》のテン坊も、白ヘビのミーちゃんも本当にいるんだってば！〉

ボクはわかってもらえず、「クウーン」と不満げに鳴きました。

「ねぇ、シゲおばちゃん、今度、シゲおばちゃんの家に新しい犬が来たら、遊びに行ってもいい？」

「もちろん、いいよ。泊まりがけでおいで」

とおばちゃんが言ってくれたので、

「うん、ジョンも一緒に連れていくね」

愛ちゃんは、満面の笑みを浮かべました。

それから数日が過ぎたある夜、ボクは愛ちゃんとシゲおばちゃんの家へ行きました。お父さんが車で送ってくれました。

与七《よしち》お父さんは、貧しい農家の七人兄弟の末っ子で、小さいころは農作業に忙しい両親に代わって、すぐ上の姉のシゲおばちゃんが面倒を見てくれたことを、今でも感謝しています。だから、シゲおばちゃんには頭が上がらないそうです。

お父さんは晩ご飯を食べてから、一人で帰っていきました。愛ちゃんは今、おばちゃんと一緒にお風呂に入っています。ボクはお兄ちゃんのいた犬小屋につながれていました。この犬小屋からお風呂場の窓がよく見えました。シゲおばちゃんの話を聞いて心配だったボクは、誰か来るかと、お風呂の窓の外を見張っていました。

その時「ジョン、ジョン！」と近くの草むらからボクを呼ぶ声が聞こえてきました。声のする方へ振り向くと、草むらからミーちゃんがニョキッと顔を出し、現れたのです。ボクはびっくりしました。

「どうしたの？　ミーちゃん、何で、ここにいるの？」

「何でって、あなたたちが心配だったから、ついて来たのよ」

「そうなんだ、驚いた。でもありがとう！」

ボクとミーちゃんは、しばらく犬小屋のそばの草むらに潜《ひそ》んでいました。すると、カサコソと物音がして、誰かやって来ました。なんとタヌキです。まだ子どもだぞ。

〈なあんだ、一つ目小僧じゃなかったんだ〉

ボクが少しだけ「ウーッ！」と威嚇《いかく》かくすると、タヌキは逃げようとしました。

その時、ミーちゃんが「タヌキさん、どうしたの？」と話しかけたら、タヌキは立ち止まって答えたのです。

「前に怪我をして死にかけていたところを助けてくれたおばちゃんに会いに来たんだ」と。

手にクワの実を持っていました。

翌日、シゲおばちゃんの家に、新しい犬がやって来ました。今度は赤胡麻《あかごま》色の柴犬で女の子です。シゲおばちゃんはナツと名付けました。愛ちゃんが「かわいいね、なっちゃん！」と呼んでナツを抱《だ》っこようとしたので、重くて無理だったけれど、ボクは「クンクン」鼻を鳴らしやきもちを焼きました。

七、火　事

秋が深まり、木枯《こが》らしの吹く季節となりました。そんなある日、隣《となり》の信一くんの家が火事になったのです。赤い炎が、燃え上がっています。ボクはびっくりして震えました。

〈大変だ！　電気屋さんも高野槙《コウヤマキ》も燃えてしまう、怖《こわ》いよ、ミーちゃん、テン坊、どうしよう!?〉

「愛！　愛！」

お母さんが家の外から叫んでいます。

〈大変だ！　愛ちゃんがまだ家の中にいるんだ！〉

ますます風が強まり、今度は黒い煙がもくもく電気屋さんの屋根に覆《おお》い被《かぶ》さりました。

ボクは「ワンワン」吠《ほ》えまくり、一生懸命愛ちゃんを呼びました。

その時でした。風が急に反対方向の人家《じんか》のない所に向かって吹き始めたのです。

なんとテン坊です。天狗《てんぐ》のテン坊が、大きなうちわをあおぎ、風を起こして炎を追いやっているではありませんか!? ボクはただ呆然《ぼうぜん》とテン坊を見上げました。

けたたましいサイレンと共に消防車が到着しました。

やがて、火事は鎮火《ちんか》し、電気屋さんの家も愛ちゃんも春ちゃんも、お父さんもお母さんも、隣の家の人たちも皆無事でした。裏庭の高野槙《コウヤマキ》は燃えることなく守られました。ボクは風向きを変えてくれたテン坊や、女神様が皆を守ってくださったお陰だと感謝しました。

テン坊の「どうだ!」と言わんばかりに得意げに太鼓をたたく音が、空高く響き渡りました。

しばらくして、信一くんが、ボクと愛ちゃんのいた裏庭に走ってきて、「大丈夫だったか!?」と聞きました。

「うん、でも信一くんのおウチが……」

愛ちゃんが半べそで答えると、

「だな……もう火は消えたから心配するな」

信一くんの家はだいぶ焼け落ちていたのに、愛ちゃんのことを心配して来てくれたようです。

〈やっぱり信一くんは意地悪っ子でなくて、お母さんが言ったように愛ちゃんのことが好きなんだ〉とボクは思いました。

それから、しばらく親戚《しんせき》の家に身を寄せていた信一くん一家は、やがて引っ越していき、愛ちゃんは少し淋しそうでした。

この火事以来、ボクはテン坊に一目置《いちもくお》くようになり、またテン坊が大好きになりました。

八、大雪の日

この年の冬、富山県は豪雪《ごうせつ》に見まわれ、一メートル以上もの積雪で覆《おお》われていました。電気屋さんの前の通りも雪でふさがれ、入口が見えません。どの家の人々も玄関ではなく二階の窓から出入りするほどでした。

ボクのいる裏庭も見渡す限りの雪景色で、高野槙《コウヤマキ》まで真っ白に雪化粧していました。

〈女神様は大丈夫かな？　雪の重みに耐えられるのかな？〉

テン坊もミーちゃんも、寒さと大雪で出てこられず、隠れてしまったようです。でも、家の軒下にあるボクの犬小屋は、雪囲いの竹すだれで守られ、通路もかろうじて通れました。ボクは嬉《うれ》しくてたまりません。朝起きて雪の多さには驚いたけれど、雪の裏庭でひとり楽しく遊んでいました。雪にもぐったり、思いっきり走り回りました。

そのうち庭の垣根を跳《と》び越え、裏通りに出てしまいました。積雪が垣根の高さを超えていたのです。雪は、やんでいました。

ボクがふらふら通りの先まで行くと、男の人が雪かきをしていました。初めて見る若い人です。雪かきが、とても楽しそうに見えました。ボクは人懐《なつ》っこく、その人の所へ駆けていき、〈ねえ、ねえ、お兄ちゃん、遊ぼうよ〉と、足元にまとわりつきました。

すると、その人が急に怒り出したのです。

「コイツ、あっち行け！　じゃまだろ！」

手に持っていたスコップを振り上げ、ボクに向かって振り下ろしました。

「キャ、キャン！」

ボクは悲鳴を上げました。スコップがボクの右の前足を直撃したのです。激痛が走り、その場にボクは倒れて、うずくまりました。

その人はさらに、

「あっち行け、と言っただろ！」

と怒鳴《どな》って足でけってきたので、ボクは後《あと》ずさりし逃げようとしました。でも足が痛くて走れません。足を引きずるうちに、意識がだんだんと薄らいでいき、その後のことは覚えていません。

ボクは電気屋さんの裏庭に面した通りに、瀕死《ひんし》の状態で倒れていました。どうやって、ここまで来たのかわかりません。

血まみれのボクの右の前足は、無残にも折れた骨が飛び出し、皮一枚だけでかろうじてつながっていて、今にもちぎれ落ちそうでした。

真っ白な雪が、ボクのいる場所だけ赤く血で染まっていました。

久代《ひさよ》お母さんは、朝起きると犬小屋にボクがいないことに気づき、辺りを探しました。雪の面《おもて》にボクの足跡がたくさん見えていて、垣根も越えていました。その足跡を追い、裏通りへ出たお母さんは、悲鳴を上げました。

「きゃあー、ジョン!」

血まみれで、ちぎれそうな前足、息絶え絶えのボクを見て、お母さんは震えました。

気がつくとボクは、茶の間のストーブの前で毛布の上に寝かされていました。

「ジョン、ジョン」

お母さんが悲しげにボクを呼びます。その横で、愛ちゃんが泣いていました。

「お母さん、お医者さんいつ来てくれるの？　ジョンが死んじゃうよー」

「お父さんが、獣医《じゅうい》さんを連れてくるって、大きい町まで迎えに行った。仕方ないのよ、ここには動物病院もないし、田舎だからね……雪で車も動かせないし、電車も止まっている。電話もつながらないの」

　春ちゃんが目をこすりながら起きてきました。

「お母さん、どうしたの？　お姉ちゃんが、泣いている」

「おはよう！　ジョンが怪我したんだよ」

「えっ？」

　ボクの足を見た春ちゃんも、びっくりして

ギャン泣きです。涙目の愛ちゃんは、「ジョン、痛いよね？　ジョンが可哀想だよー」と言ってボクのそばを離れません。今日は大雪のため小学校も保育園もお休みでした。

随分《ずいぶん》と時間が過ぎてから、お父さんが獣医《じゅうい》さんを連れて戻ってきました。

何時間も歩いたそうです。小林先生と言って、馬が専門だそうです。お父さんが疲れた顔で言いました。

「先生、この子は人懐《なつ》っこい子で、人間が好きでね……雪かきしている者の所へ行って、じゃれて、それでスコップでガツンとやられたんじゃないかと」

ボクの傷を見た先生は、絶句しました。

「これは、酷《ひど》い！」

「何とかならんでしょうか、先生!?　助けてやってください！」

お母さんも続けて言いました。

「先生、この雪の中を、こんな遠い所まで、歩いてきてくださって、本当にありがとうございます。この子は、ジョンは、いい子なんです！　どうか助けてください、お願いします」

小林先生はボクの傍《かたわ》らに腰を下ろし、もう一度右の前足をよく診てくださいました。

「痛かっただろうね、我慢《がまん》強いワンちゃんだ。もう出る血もないか……何とかしてあげたいが、お父さん、申し訳ないです、手の施《ほどこ》しようがないです……せめてすぐにウチに連れて来てもらえたら、手術ができたかも知れない……それも、この雪では無理だったでしょう。残念です」

「そうですか、ダメですか……」とお父さん。

「今夜まで、もってくれるか……」と小林先生。

〈お父さん、もういいよ〉とボクは心の中でつぶやきました。

愛ちゃんが、まだ泣いています。

「ジョンの足、痛いの、痛いの飛んでいけ」

そして歌い出したのです、あの歌を……。

「ぞうさん、ぞうさん、おはながながいのね、そうよ……あっ、ジョンがピクッと動いた」

〈愛ちゃん、この歌よくふたりで歌ったね。ぞうさん、ぞうさん、だれがすきなの？　あのね……愛ちゃんだよ!!〉とハモって、ボクはまたピクッとし、目を閉じました。

夜が更《ふ》け、雪がしんしんと降っていました。ボクのそばで泣き疲れて眠ってしまった愛ちゃんを、お母さんが「風邪《かぜ》を引くよ」と抱《だ》っこし、寝室まで連れていきました。

ボクは、お父さんが作ってくれた段ボールのおウチで、目を閉じ、横たわっていました。毛布にくるまれ、とても暖かいです。そばに皿が置いてあり、牛肉が残ったままです。こんな時に食べられるはずなどないけれど、お母さんがボクのためにと用意してくれたのです。

「お肉は食べられないのよね、スープなら飲むかしら……可哀想なジョン、どうしたらいいんでしょう？」

ボクは強い痛みで気を失い、眠っていました。

しばらくして物音がしました。目をうっすら開けるとお父さんが悲しげにボクを見て、立ちすくんでいました。

〈お父さん、与七《よしち》お父さん……〉

ボクは必死で立ち上がり、足を引きずって段ボールから出ました。お父さんと目が合い、ボクはただじっとお父さんの顔を見つめました。そして、また暖かな段ボールに戻り、横たわりました。意識が薄らいでいくなかで、かすかに「ジョン！」とボクの名を呼ぶミーちゃんとテン坊の声が聞こえました。

翌朝、ボクは静かに息を引き取りました。でもボクには聞こえていたのです。お父さんが、お母さんに言った言葉を……。

「夕べ、ジョンの様子を見に行ったら、箱からジョンがよろけながら出てきた。俺の顔をじっと見て、また自分で戻っていった……まるで、もうダメだと悟って、お世話になってありがとうございました！　と言っているようだった……」

そう伝えて涙目になりました。お母さんも、

「いい子でしたね、本当に可哀想で……」

と涙を流しました。

ボクは毛布にくるまれ、きれいなみかんの木箱の中に横たえられていました。愛ちゃんと春ちゃんは、朝起きたらジョン（ボクのことです）が死んでいたので、ふたりして大泣きです。

愛ちゃんが、ボクと遊んだ象のぬいぐるみを持ってきて、言いました。

「お母さん、これ入れてもいい？　ジョンがこの象さん、大好きだったの」

「いいよ、ジョンが喜ぶよ、きっと」

「うん、ひとりじゃ、淋しいもん」

すると春ちゃんも真似して、小さな人形を持ってきました。

「春ちゃんも、これジョンにあげるの。ひとりじゃ、可哀想だもん」

「そう、いいの？　春が大事にしてたお人形さんでしょ？　……ふたりともジョンのためね？」

「うん」と愛ちゃん、春ちゃん。

お母さんが、象のぬいぐるみと人形をみかん箱に入れてくれました。

〈愛ちゃんと春ちゃん、そしてお母さん、ありがとう！　元気でいてね、さようなら！〉

九、別れ

当時まだ、この小さな田舎の町にはペットの葬儀屋《そうぎや》さんが一軒もありませんでした。そういう習慣がなかったのです。大雪の裏庭に埋めることもできず、お父さんは山へ行き川に流す、という悲しい決断をしました。

お父さんはボクの入ったみかん箱を背負い、近くの小高い山へ向かいました。小雪が舞い散

郵便はがき

料金受取人払郵便

新宿局承認

2524

差出有効期間
2025年3月
31日まで
(切手不要)

1 6 0-8 7 9 1

1 4 1

東京都新宿区新宿1－10－1

(株)文芸社

愛読者カード係 行

お名前《ふりがな》		明治 大正 昭和 平成	年生
ご住所《ふりがな》	□□□-□□□□		性別 男・
お電話番号	(書籍ご注文の際に必要です)	ご職業	
E-mail			
ご購読雑誌(複数可)		ご購読新聞	新

最近読んでおもしろかった本や今後、とりあげてほしいテーマをお教えください。

ご自分の研究成果や経験、お考え等を出版してみたいというお気持ちはありますか。

ある　ない　内容・テーマ(

現在完成した作品をお持ちですか。

ある　ない　ジャンル・原稿量(

名			
上 店	都道 府県　　　　市区 郡	書店名	書店
		ご購入日	年　月　日

をどこでお知りになりましたか?

書店店頭　2.知人にすすめられて　3.インターネット(サイト名　　　　　)

DMハガキ　5.広告、記事を見て(新聞、雑誌名　　　　　)

質問に関連して、ご購入の決め手となったのは?

タイトル　2.著者　3.内容　4.カバーデザイン　5.帯

の他ご自由にお書きください。

(　　　　　　　　　　　　　　　　)

書についてのご意見、ご感想をお聞かせください。

容について

カバー、タイトル、帯について

弊社Webサイトからもご意見、ご感想をお寄せいただけます。

力ありがとうございました。

寄せいただいたご意見、ご感想は新聞広告等で匿名にて使わせていただくことがあります。

客様の個人情報は、小社からの連絡のみに使用します。社外に提供することは一切ありません。

書籍のご注文は、お近くの書店または、ブックサービス(0120-29-9625)、セブンネットショッピング(http://7net.omni7.jp/)にお申し込み下さい。

る中、深い雪の道なき道を、一歩ずつ登っていきました。

「ジョンよ、埋めてやれず、すまない！　……この山を登ったら、お別れだ……もっと早く小林先生の所へ連れていってやりたかった……本当にすまない！」

ひとり言を言いながら登っていくお父さんの背中が震えていました。それほど寒いから？　……いや、お父さんは少し泣いていたようです。

〈与七《よしち》お父さん、夕べ遅くにボクの所へ来てくれましたね。ボクは必死に立ち上がり、お父さんの顔をじっと見つめました。目が合いましたね。そしてボクは言ったのです、ありがとうございました、と。伝わっていたんですね。毎晩、お父さんはご飯を運んできてくれ、水も新しく入れ替えてくれました。お世話になりました。お父さん、どうか元気でいてください〉

やがて、ボクたちは山間《やまあい》を流れる川の上流に着きました。いつの間にか雪は降りやみ、辺りは静かで厳《おごそ》かな、まるで聖なる銀世界でした。

お父さんはみかん箱を肩から下ろし、川へ投げ入れました……。

十、雑貨屋さん ―三十年後―

ボクがサチになってから数か月が経ち、愛ちゃんのお腹《なか》はだいぶ大きくなりました。それなのに愛ちゃんは「運動不足だから」と言って、ある日ボクを連れて散歩に出ました。いつも春ちゃんと散歩するコースではなく、子どものころの愛ちゃんとボクが一緒に何度も歩いた、懐《なつ》かしい散歩道でした。

愛ちゃんが何やら歌を口ずさんでいます。あの「ぞうさん」ではなく、知らない歌だったけれど、ボクも一緒にハ、モ、りました。すると愛ちゃんが「えっ!?」という顔でボクを見下ろしました。でもボクは平然と歩いていて、ただ楽しくて幸せでした。

裏通りの古びた雑貨屋さんの前まで来た時、ボクはオシッコをしてしまいました。愛ちゃんがバッグからペットボトルの水を取り出そうとしていると、雑貨屋さんの中からバケツを持ったおじさんが出てきてバシャッと水をまき、愛ちゃんとボクに掛かりました。

「きゃあ、冷たい！　何するんですか!?」

「ひとの店の前で、犬に小便《しょうべん》させるな！」と、おじさんが怒鳴《どな》りました。

「今、水で流そうとしていたところなんです、何もいきなり水を掛けなくても」

「いや、水をまいただけだ、こっちも掃除してんだ。商売のじゃまだろ、どいてくれ！　……あんた、電気屋の上の娘だろ？」

するると、愛ちゃんが何だか怒ったように答えました。

「そうですけど、それが何か？　おじゃまをして、すみませんでした！　……サチもぬれたね？　さあ、行こう、おウチに帰るよ！　……あら、どうしたの？　サチ、寒いの？」

ボクはブルブル震えていました。

〈愛ちゃん、あ、あの人です！　大雪のあの日、雪かきしていた男の人は、このおじさんです！〉

家に戻ると、早速、愛ちゃんは妹の春ちゃんに報告しました。

「サチが水を掛けられて、ブルブル震えているのよ。風邪《かぜ》引かないかしら？　タオルで拭《ふ》いてあげよう。怖《こわ》かったんだわ……あの人、本当に感じ悪いよね？」

「頑固ジジイだから。確か、何年か前に、病気で足を切断したんだよ」

「えっ!?　ホント？　歩いていたけど……？」

　愛ちゃんもボクも驚きました。そして春ちゃんは続けます。

「車椅子とか杖《つえ》つくとか、そんな姿を人に見られたくないのかも？　若い時は東京で働いていたらしいんだけど、お父さんが亡くなってからこっちに戻り、店を継《つ》いだのよ」

「そうなんだ。でも、あんな感じで、よくお客さん来てくれるね？」

「まあね。そう言えば、私も子どものころに、すっごく嫌な思いをしたことあった」

「どんな？」

「あの雑貨屋で駄菓子《だがし》を買った時、ちゃんと代金払ったのに、もらっていないと言われたの、あのオヤジに！　当時はまだ若かったけれど。本当に払ったんだよ、酷いでしょ!?」

「へえー、そんなことあったの？　それで、どうしたの？」

「お父さんとお母さんが飛んできて、ウチの娘はそんなことする子じゃないと、ちゃんと話してくれた……でも子どものころに傷ついたことって、ずっと心に残っているね。お姉ちゃんだって、ない？　例えばジョンが可哀想な死に方したことだって……」

「あるよ。でも春ちゃん、人を傷つけたりすると、必ず自分に返ってくるんだよ」

「うん、私もそう思う。因果応報《いんがおうほう》だね」

「あら、春ちゃんも、そんなこと言うんだ。だけど、人を信じられないなんて、あの人、可哀想な人だよ……あらっ、サチがまだ震えている。寒いのかしら、サチ、大丈夫？」

愛ちゃんと春ちゃんが、ボクのことを心配してくれています。

〈愛ちゃん、そうだよね？　あのおじさん、あの日、ボクにスコップを振り下ろしたお兄ちゃんは、可哀想な人なんだよね……？〉

十一、赤ちゃん

愛ちゃんのお腹《なか》の赤ちゃんは、順調に育っていました。そのはずでした。ところが、ここにきて愛ちゃんは体調を崩《くず》してしまい、病院に入院したのです。

春ちゃんが、お父さんに言いました。

「お医者さんが五分五分《ごぶごぶ》だって。最悪の場合、お姉ちゃんも赤ん坊も危険だって。だから、絶対安静だって！」

愛ちゃんと赤ちゃんが危険だと聞いて、ボクはとてもショックを受け、心配でなりません。

ある夜、ボクが裏庭でしょんぼりしていると、高野槙《コウヤマキ》の上から声がしました。

「ジョン、ジョン！」

「えっ、女神様？」

「そうですよ、私です」

女神様の姿は今も見えないけれど、ボクの耳にその優しい声だけは聞こえていました。

「女神様、愛ちゃんが……」

「ジョン、愛ちゃんが心配なのね？」

「はい、そうです……女神様、どうか愛ちゃんと赤ちゃんを助けてください！」

ボクは一生懸命、女神様にお願いしました。

「ジョン、あなたは本当に優しい子ですね。大丈夫、きっと病院の先生が助けてくださいます。愛ちゃんも、お腹《なか》の赤ちゃんも、今、頑張っていますよ」

その時、高野槙《コウヤマキ》の木の根元から、ミーちゃんが出てきて、言いました。

「女神様、お願いします。どうか、愛ちゃんと赤ちゃんを助けてください、ジョンの願いを叶えてあげてください！」

するると今度は、テン坊も現れました。

「女神様、俺からも頼みます。ジョンのヤツの願いを叶えてやってほしいです。愛ちゃんと赤ん坊を助けてください！　そのためなら俺は何だってしてしまいますから」

ふたりして、ボクと愛ちゃんと赤ちゃんのために、頭を下げ頼んでくれました。

「ミーちゃんもテン坊も、友だち思いで、嬉《うれ》しいですよ。あなたたちは、本当に仲良しですね。

みんなで、祈りましょう！」

女神様が、そう言ってくださいました。

「女神様、そしてミーちゃんも、テン坊も、ありがとうございます」

ボクは、感謝の気持ちでいっぱいになり、そして言ったのです。

「ボクが、身代わりになりたい……」

いつの間にか、空が白《しら》み始めて、朝を迎えようとしていました。

十二、二度目のお別れ

しばらく経って愛ちゃんが病院を退院し、帰ってきました。ボクは心から喜びました。愛ちゃんも赤ちゃんも大丈夫とのことです。

しかし、そのころから今度はボクが体調を崩《くず》し、寝込むようになりました。

「サチ、どうしたの？　このごろ元気ないね」

「どこか痛いのかな？　サチ、食欲もないし」

春ちゃんと愛ちゃんが、ふたりして心配してくれています。愛ちゃんが言いました。

「人間は、どこが痛いとか苦しいとか言えるけれど、動物はそれが言えないから、可哀想よね……ジョンがあの時、前足がちぎれるほどの大怪我をして、瀕《ひん》死の状態だったんだよ、どれだけ痛かったか、どれだけ苦しかったか、そう思うと、今でも涙が出るの」

「今でも？　お姉ちゃんには、ジョンのことがよっぽどトラウマになっているんだね」

「だって、あんな長い時間、苦しんで死んだのよ！　……今だったら、獣医《じゅうい》さんに痛み止めの注射とか麻酔《ますい》を打ってもらって、もっと楽《らく》にしてあげられたのに……本当に可哀想で」

「安楽死もあるしね」

春ちゃんがそう言うと、

「それも悲しいよ」

と愛ちゃんが答えました。

「だね、でもわかるよ。私にもそんなことあったから……お姉ちゃんが東京の大学へ行ったころ、ウチで猫を飼ってたでしょ？」

「フクよね、交通事故で死んじゃった」

「そう、白黒の縞《しま》模様のフク……フクは、よく私の膝にのって、かわいいつぶらな目で私の顔をじっと見てくれたの……賢い猫だった、車にひかれた後、自分で歩いて帰ってきて、お店の前で死んだのよ！　私はショックで、もう猫を飼えなくなった……」

「春ちゃん、動物っていいとおしいね。大切にして、かわいがってあげなくちゃ」

「お姉ちゃん、ちょっとお店の留守番、頼んでいい？　私、心配だからサチを病院に連れていくわ」

「わかった。サチをちゃんと診《み》てもらって」

春ちゃんが、ボクを動物病院に連れていってくれました。今度は小林先生ではなく女の獣《じゅう》医《い》さんで、緑先生と言いました。

「検査の結果、心拍数が少し上がっていて、心臓が弱っているようです。生まれつきかもしれないですね……他は特に異常は見られません。しばらく様子を見ましょう！」

とのことでした。

しかし、そのうちボクはとうとう動けなくなり、寝たきりになってしまいました。愛ちゃんの赤ちゃんは、今にも産まれそうです。それなのに愛ちゃんは、大きなお腹《なか》を抱えて、ボクの傍《かたわ》らに寄り添《そ》ってくれました。

「サチ、大丈夫だよ、そばにいるからね」と言って、あの歌も歌ってくれたのです。

「ぞうさん、ぞうさん、おはながながいのね、そうよ……」

ボクは一生懸命、「クゥーン」と応《こた》えました。愛ちゃんは不思議そうにボクを見たけれど、そのまま歌い続けました。

「ぞうさん、ぞうさん、だれがすきなの？　あのね……」

〈愛ちゃんだよ！〉

ボクもまたハモりました。

すると、愛ちゃんが震えながら、

「ジョン？　ジョンなの!?」

と叫びました。

〈そう、そうだよ、ボクだよ、ジョンだよ！　愛ちゃーん！〉

いろいろなことが今、蘇《よみがえ》ってきます。

愛ちゃんと一緒に歌いながら散歩したこと、あの日もストーブの前で歌ってくれたこと、そばに寄り添《そ》ってくれたこと、悲しいお別れだったこと、また会えて嬉《うれ》しかったこと……それらが、頭の中を走馬灯のように駆け巡《めぐ》っていました。一つ一つが懐《なつ》かしくて大切な思い出です。

それからしばらくして、ボクは息を引き取りました。遠くからまたミーちゃんとテン坊のすすり泣く声が聞こえていました……。

十三、神社へ

愛ちゃんが元気な男の子を出産し、幸平《こうへい》と名付けられました。この日、愛ちゃんは幸平くんを連れて春ちゃんと一緒に再び日枝神社にやって来ました。幸平くんが無事に生まれたことの報告と、健康と成長を願ってのことです。

愛ちゃんは幸平くんをベビーカーに乗せ、春ちゃんと並んで境内《けいだい》を歩いています。

「お姉ちゃん、ここへ来るの一年ぶりだね」

そして春ちゃんが、ふと思い出したように言いました。

「そう言えば、ジョンが捨てられていた神社って、ここだよ。シゲおばちゃんがちょうどお参りに来てて、その時に拾ったんだって」

「そうなの、知らなかった、この神社だったの!?　……春ちゃん、サチはジョンだったの」

「えー、また、その話?」

「本当なんだってば！　私に会いに来てくれたの。それで、幸平の身代わりになってくれたのかも？　何か、そんな気がするの」

愛ちゃんが真面目に言うので、春ちゃんは少し呆《あき》れ顔で聞きました。

「じゃ、お姉ちゃん、サチはどこへ行ったの？　私だって、サチが死んで悲しいんだから」

「わかっているよ、春ちゃん。でも、やっぱりサチはジョンで、ジョンはサチだったの！　ふたりは同じ命だったのよ」

「ヘンなの!?」

「でも、どっちも、サチもジョンも、私たちの大切な家族だった……」

「うん、かけがえのない存在だったよ」

愛ちゃんと春ちゃんは、こんな話をしながら、水天宮の前にある〝安産犬の石像〟の所まで歩いてきました。母犬のそばに二匹の子犬が幸せそうに寄り添《そ》うあの石像です。

その時、どこからか、

〈愛ちゃーん〉

と呼ぶ声がしました。

愛ちゃんは、春ちゃんに聞きました。

「何？　今、呼んだ？」

「えっ？　呼んでいない」

「何か言った？」

「言ってない」

春ちゃんはそう答えてから、石像の子犬の頭を撫《な》でました。

「やっぱり、サチみたい、似てる」

「ジョンにもね」愛ちゃんも言いました。

すると、また〈愛ちゃーん〉と呼ぶ声が聞こえてきました。

愛ちゃんは信じられないという顔で石像の一匹の子犬をまじまじと見つめました。

そして感慨深げに言ったのです。

「ここにいたの？　お兄ちゃんと一緒に、お母さんのそばにいたのね……良かった……」

秋晴れの気持ちのいい日でした。

「また会えたね、ジョン！」

愛ちゃんが優しく微笑《ほほえ》みかけてくれました……。


〈終〉

高野槙《コウヤマキ》

（樹齢推定　400年
樹　高　　約20m
幹　周　　405cm）

高岡市指定文化財天然記念物。
加賀藩祖・前田利家を弔うため
高野山より譲り受けた苗を植え
たものと伝えられる。

ジョン

あとがき

裏庭の樹齢四百年という高野槙《コウヤマキ》は、天狗や白ヘビが棲《す》む御神木《ごしんぼく》と聞いて育ちました。大雪や台風で枝が折れる被害を受けながらも、新芽を出す、その生命力には驚かされます。

思えば家にはいつも犬がいました。ジョン、コロ、ジョン2号、メリー、ナツ。その中でも一番心に残るのは、やはり悲しい別れだったジョンです。この物語は事実を基に創作し、人間と純粋無垢《むく》な犬との心の絆を描いたものです。昨今、動物虐待や殺《さつ》処分などの言葉を耳にするたび、心が痛みます。犬にも感情があり、大切な命があるということを、少しでも伝えられたなら嬉《うれ》しく思います。

最後に、二十代の頃から存じ上げ今も素敵な俳優の竹下景子さん、メッセージを寄せてくださいまして心から感謝し、お礼申し上げます。また高野槙《コウヤマキ》の管理者で資料を提供して頂いた明美さん、イラストを引き受けてくれた息子の圭太、担当編集者の伊藤さんをはじめとする文芸社のスタッフ、そして読んでくださった皆さま、ありがとうございました。

筆者

二〇二四年一月

著者プロフィール

高橋 幸枝（たかはし さちえ）／作

1953年生まれ、富山県出身。

明治大学 大学院文学研究科（演劇学専攻）博士前期課程（修士）修了。

放送作家事務所、出版社勤務等を経て結婚。二男一女の母。

米軍侵攻時のパナマ共和国で子育てを経験。後にロサンゼルスにも居住。

第7回シナリオ作家協会 大伴昌司賞「鏡の中の私」ノミネート賞。

圭太（けいた）／絵

1983年生まれ、東京都出身。

早稲田大学卒業後、出版社勤務。漫画編集者。

幼少期より絵が得意で、世界児童画展では入選・特選・日本国際連合協会賞等の入賞歴あり。

ジョンの贈《おく》り物《もの》

2024年4月15日　初版第1刷発行

作　高橋 幸枝
絵　圭太
発行者　瓜谷 綱延
発行所　株式会社文芸社
〒160-0022 東京都新宿区新宿1－10－1
電話 03-5369-3060（代表）
03-5369-2299（販売）

印刷所　図書印刷株式会社

ISBN978-4-286-24962-9　JASRAC 出 2308071－301